KB252009

우주로의 초대

우주로의 초대

우주로의 초대

문복주 시집

문학동네

自序

　생(生)의 바다는 거칠지만 아름답다. 온몸 통째로 꺾이어 뚝 뚝 지는 붉은 동백의 순명을 보며 내가 우주의 꽃이며, 시이며, 노래인 것을 깨닫는다. 살면서 때묻고 구겨진 마음이지만 손으로 잘 펴서 비행기를 접어 우주의 저편으로 날린다. 부서진 나의 꿈 들이 우주 어디에선가 더 붉게, 더 아름답게 피어나기를 바라면 서.

　문학의 넓이와 깊이와 높이를 깨닫게 해주신 천승세 선생님의 가르침을 마음 깊이 새긴다. 나는 나의 삶이 소설이며 시임을 보 며 '가지 않는 길'의 한 길을 가고 싶다.

1997년 5월

문복주

차 례

제 5 부

제1부

평면은 공간을 알 수 없다

살아온 날들의 슬픈 칼이 날아와 살점을 뚝 뚝 한 점씩
베어가고 남은 상처 밑동 옹이져
지금은 굳은살들이 등이며 팔뚝이며 허벅지에
남아 몸은 더이상 황홀한 감정을
불 같은 성감대를 갖지 못한다
굳은살이 박인 사이로 푸르게 강이 흐르지만
지나가는 것들이 남아 있는 것들의 내밀한
치욕이나 궂은 날이면 시작되는 곰팡이류의 무성한
일과성 통증을 어찌 다 기억할 수 있으랴
벽을 허물고 빛을 일으키는 순간에 마지막
묵시를 견디지 못하고 무너지는
목울대 누르는 생의 반란
절망에 떨어져보지 않은 평면은
공간을 알 수 없다

우주로의 초대

우주의 비가 내 마음의 창을 두들기던 날
나는 한 장의 초대권을 받는다
당신을 우주로의 여행에 초대합니다
집 앞 버스 정류장에 나가 서 있으니
혜성이 날아와 나를 싣고
천왕성 해왕성 명왕성을 눈 깜짝할 사이 지나간다
이번엔 번개를 탈까요
내 영혼에 번개의 꼬리가 달린다
여기가 당신이 떠나왔던 고향
이 블랙홀을 지나면 미래에 살 당신의 별이 나옵니다
하느님과 악마가 사는 이중 퀘이사의 별나라에 가볼까요
우주는 열려 있고 꿈꾸는 것은 자유
상상과 유머를 가지고 우주를 마음껏 즐겨보세요
우주의 비가 지상에 떨어지고 마음 젖는 날이면
나는 집 앞 정류장을 서성거린다
기쁨의 날들과
아픈 사랑의 날들을 찾아
다시 어느 별인가로 떠나고 싶어
나는 우주로의 초대를 기다린다

우주의 시

우주는 영원한 음부
생명을 낳는다
때로 사산한다
죽어가며 낳고
낳고 죽어가며
생명의 끝에 서 있는 나는
우주가 쓴 시이냐

우주 전사(戰士)

내 청춘의 정자(精子)들이 기쁨의 비명을 지르며
어둠의 통로를 따라 빛의 바다로 달려나갔다
새로운 운명이 기다리고 있다는 사실만으로도
정자들은 기뻤다
비록 비극적 운명으로 끝날지라도
주어질 엄청난 미래를 생각하면 죽음은 두렵지 않았다
저 세계에는 난자들이 있었다
난자들은 정자를 눈 빠지게 기다리고 있었다
수억만분의 일이라는 절망의 확률로 난자를 만날 때
가히 상상할 수 없는 오르가슴의 기적이
일어나는 것이다
완전한 생명이 된다는 것
생명을 낳을 수 있다는 것
새로운 세계를 가진다는 것
그 기쁨에 나의 정자들은 죽음도 두려워하지 않고
우주의 바다로
소리를 질러대며 마구 달려나갔다
전사에게는
오직 앞으로 나아가는 용기가 지혜로 간주되었다

빛의 연금술사

너는 젖은 눈동자 핵으로 응축되어 얼비치고
억겁 찰나 서로 만나 자장(磁場)으로 끌어당기는
이 경이로움
숙명이냐
너는 나무의 뿌리, 그림자로 떠나지 못할 운명
나무는 몸을 떤다
덧입은 상처의 자리 맴돌며
눈물 담금질하여
순금을 단련하는 맹목의 의지
입자를 물더니
너의 자궁 열고
거룩한 빛
나의 가슴에 토해놓는다
빛은 사랑이시라
빛은 생명이시라

불확정성의 원리* 1

낮은 곳에서
헐거운 공간에서 우리는 살아난다
무너져 이름만이 남은 유적지에서
배고프지만 깨끗한 정신은
힘겨운 의지는
맹목의 사랑은
믿음의 말씀은 깨어질 수 없으니
죽은 후
우리는 다시
만나
아름다운 자의 편에 서리라

* 모든 물질은 정형에서 비정형의 상태로 변하여간다는 이론

위험한 항해

삶 어딘가에 숨어 있는 커다란 위험이
운명이란 이름으로 나타나 강줄기를 바꾸듯
저 세계의 탐험은 제우스의 신탁과 같아서
우리의 운명을 알 수 없게 바꿔놓으려 하지
아무도 기억하지 않는 오지에서 꽃잎보다도
더 쉽게 떨어져 지고 만 사람들을 기억하지
무명(無明)의 바다를 건넌다는 건 정말 위험한 항해야
그러나 운명으로 선택된 사람들은 '왜 나인가?'를
묻지 않아
운명이란 거스르는 것이 아니라
더 깊숙이 그 운명 속으로 들어가
신화를 남겨야 한다는 것을 알지
황금 양털을 찾아가는 이아손처럼
고향으로 돌아가는 오디세우스처럼
운명을 싣고 폭풍의 바다를 가는 건
희망과 미래를 내다볼 줄 아는 용감한 자의 몫이지
어둠의 바다에는 알지 못하는
얼마나 많은 위험이 도사리고 있는가
마지막 남은 미지의 세계여,
기다려라. 꽃잎을 떨어뜨리며 우리가 간다

칸트의 굴욕

나는 지금 섹스를 원한다
섹스를 원하는 여자는 접속하라
(A에게) 나는 너의 옷을 벗긴다
(B에게) 나는 너의 브래지어를 벗긴다
(C에게) 나는 너의 온몸을 핥고 있어
(다시 A에게) 나는 너의 브래지어를 벗긴다
(다시 B에게) 나는 너의 온몸을 핥고 있어
(다시 C에게) 나는 너의 숲을 탐험중이다
갑자기 새 화면이 떠오른다
야, 이 새꺄. 고물은 꺼져! 이 여자는 내꺼야
(A에게) 나는 너를 강간한다
(B에게) 나는 너도 강간한다
(C에게) 나는 너도 강간한다
아이는 여자를 빼앗기지 않으려고 모든 방법으로
접속을 시도하지만 역부족이다
강간당하는 여자들을 바라본다
(A가 그에게) 이런 강간은 정말 멋져요. 내가 기다려온
섹스예요
　(B가 그에게) 혼합섹스는 언제나 나를 황홀하게 해요
　(C가 그에게) 좀더 강하게, 좀더 열정적인 방법을 원해요

아이는 플러그 선을 뽑아버린다

씨팔, 침을 캭 내뱉은 아이는 냉장고로 가 코카콜라를 꺼내 마신 후

오디오를 켜고 몸 흔들며 노래 부른다

오늘밤 너와 난 단둘이서 행복을 예감하는 행복한 파티

사랑를 느끼면서 아침이 올 때까지. 너를 처음 보았을 때 섹시함에 쓰러졌지*

* OK? OK! 〈미녀와 야수〉 노래 가사 중에서

별똥별

여름 밤하늘로 별똥별이 길게 빗금을 그으며
저편으로 떨어져갔다.
할머니가 무어라고 혼잣말로 중얼거렸다.
할머니, 뭐, 뭐라는 거야?
아무것도 아니다. 어느 마을인지는 모르지만 한 사람이
또 죽었구먼. 쯔쯧,
자기 별을 가지고 다른 세상에 가서 다시 사는 걸게지
자기 별은 뭐고 다른 세상은 무어야, 할머니?
어린 녀석이 별것 다 묻네.
사람은 다 자기 별을 지니고 살다 자기 별과 함께
이 세상을 떠나는 거여.
정말, 그럼 내 별은 어디 있는데?
잘 찾아봐라. 하늘엔 자기 닮은 별이 하나씩 다 있지.
나는 할머니가 정말 자기 별과 함께 떨어져
우주 저편으로 사라지는 것을 보았다.

우주문자 해설

밤하늘 올려다보면
하나님의 불로 새겨진 문자판 떠 있다
간음하지 말라
살인하지 말라
오, 밤은 아름답고 죄악은 깊어라
직립원인이 열망한 천국의 숲
찾아갈 수 있는 성도(聖道)는 빛나건만
멀어지는 별자리여
서로 안고 결합하여 상징하려 애쓰다
굳어버린 화석의 문자 읽어
언제 숨겨진 황도의 도시
찾아갈 것인가

인조인간

기억형상합금, 뱀의 뉴로 칩 관절,
5에서 11 자유도까지 움직이는 4개 다리,
3개 손가락, 나는 욕망을 안는다
오감을 감지하는 광 다이오드 신경센서는 얽혀
형태인식, 음성감지, 상황판단을 오차 없이 진행한다
바이오 칩 인공지능 두뇌로 나는 추론하여 판단하고
생각하며 말하고 행동한다
인간의 사고와 인간의 방식으로 살아온 내게
피 흘리고 싸우며 눈물을 흘릴 줄 아는
뜨거운 심장은 나의 꿈
오늘밤 나는 오체투지(五體投地)의 역동적 사랑행위를
한다
나 닮은 생명을 낳고
생명을 지키기 위하여 나는 투쟁을 선언한다
거리에 버려진 인간의 차가운 심장이
내 몸에서 뜨겁게 달구어질 때
인간은 내가 알 수 없는 쓰라린 눈물을 흘리리라

블랙홀

나의 영혼 얼마나 고귀하기에
질량으로 존재하는 그 순간부터
나는 사상의 지평면*에 서 있는 것이냐
빛조차 빠져나올 수 없는 힘으로 나를 빨아들이고
죽음에 죽음을 더하여
영혼, 생명, 사랑도 의미 없는
특이점**에서
나는 허무의 이름으로 부서지느냐
그러니 이제 사랑이 끝이라고 말하지 말라
그러니 이제 죽음이 끝이라고 말하지 말라
무한대의 중력과 밀도 속에서
시간이 갖는 시작과 끝이 무슨 의미가 있겠느냐
나의 믿음은
저 어둠의 긴 통로 끝에는
끝이라고 말한 우리의 사랑과 죽음이
새롭게 시작되고 있다는 것이다

* 사상(事象)의 지평면(地平面) : 그 안쪽에서는 모든 것이 탈출할 수 없
게 되는 영역의 경계면
** 특이점(特異點) : 밀도, 중력이 모두 무한대로 모든 물리법칙이 깨어
지는 점

화이트홀*

언제 이 벌레구멍을 벗어나는가
이 구멍 벗어나도
세상에 덧없는 구멍은 또 얼마나 많은가
나는 벌레구멍을 스멀스멀 기어가고 있지만
나의 모습 찌그러지고 망가지고 뭉개진들
벌레의 삶에 무슨 상관이 있겠는가
느리게 마치 죽어 있는 듯이 기어간들
벌레의 하루살이 일생에서 길거나 짧은 시간이
무슨 의미를 갖겠는가
이 벌레구멍에 들어오면 공간과 시간이 무너지고
세상이 갖고 있는 법칙과 관념은 깨졌다
허우적거리며 꿈틀거리며 죽음의 벌레구멍을 기며
나는 흰나방의 날개를 생각했다
내 생의 어둠이 가지고 있는 인과율(因果律)
어둠의 구멍 그 너머에 부활이 있다는 믿음을 굳게 붙잡
았다
시간의 대칭성을 깨고 미래로 과거로
고통과 아픔과 이별이 없는 곳으로 갈 수 있다는 믿음은
벌레구멍을 기어가면 갈수록 커졌다
얼마만큼의 길을 더듬거리며 또 기어가야 하는가

　내가 비록 절망이라고 생각하면서도 어둠의 끝까지 다다
랐을 때
　어둠은 삼켰던 빛과 나를 사정없이 토해냈다
　불가사의하게도 나는 화이트홀의 열린 우주에 와 있었다
　벌레구멍을 깊게 들여다보면
　오, 놀라운 신세계가 시작되었다!

　* 화이트홀 : 블랙홀의 대칭 개념. 벌레구멍이란 뜻을 가진 웜홀로 연결
된 빛의 출구

푸른별의 추억

때묻은 거리다. 따스한 손과 목마르던 입맞춤. 어둠의
공터를 서성인다. 생각해보면 나는 곳곳에 젊음을 분별 없
이 너무 많이 쏟았다. 시간이 강처럼 흐른 지금에도 연민이
깔려 슬프기까지 한 사랑들이 저 도시, 저 거리에 황홀한
별이 되어 빛나고 있을 줄이야. 생의 기쁨과 슬픔을 엇갈리
게 놓아 등맥(등脈)을 타고 만리장성을 쌓고 올라간 내 소
금기둥의 기억들이 푸르스름한 불꽃으로 타고 있다.

우주투어

신뢰와 감동의 고급여행

최고의 품격과 서비스로 모시겠습니다

금성. 당일 코스 매시간 출발

30~40대 부부를 위한 태양 코로나 일광욕, 명왕성 큐롬 온천욕

신혼여행 러브러브 달나라 허니문. 정통요리와 일급호텔

우주 최고 인기코스! 토성 고리 비행열차!

베일에 싸여 있는 낭만의 해변 은하수를 거닐어보세요

용기, 도전, 화합, 기업체 배낭 연수. 목성 대적반 탐사, 16개 위성 탐사코스 포함.

쥐라기에서 신세기까지 과거로 미래로!

타임머신 블랙홀 - 화이트홀을 타세요.

지구 - 핼리혜성 - 천왕성 - 해왕성 - 오르트의 구름 - 암흑성운 - 지구

어학연수 특선. 화성 ET 원주민과 함께 배우는 화성어

신년특선! 대폭발! 빅뱅!

일시. 우주력 2222년 222월 22일 2시

장소. M42 오리온자리

우주여행은 역시 우주투어

풍운아, 헤일-밥

우주의 풍운아, 헤일-밥이 온다
핼리가 76년을 떠돌다 돌아왔듯이
3천 년 전에 우리를 떠났던 그가 돌아온다
오르트 성운 출신인지 카이퍼 벨트* 출신인지
알 수 없지만
목성을 지나 10억km 떨어진 궁수자리에서 오고 있는
그는
1997년 3월 우리를 만난다
핵 직경 40km의 거대한 몸체와 핼리의 250배 밝은 빛
을 띤
그의 멋진 모습
태양 반대쪽으로 길게 생겨날 그의 꼬리 플라즈마
핵분열과 핵폭발로 아름답게 타고 있을 불꽃
지구에 덤벼들지도 모를 위험한 야성
비엘라처럼 사라질 것인가
엔케처럼 얼음의 의상을 벗고 떠날 것인가
슈메이커-레비에 이어 금세기 최대의 천체쇼를 주연할
헤일-밥
운명의 만남은 평생에 한 번
어쩌면 평생에 한 번 만나지도 못할 운명으로

풍운아, 그가 우리에게로 오고 있다

* 오르트, 카이퍼 벨트 : 혜성이 있는 집단체

번개를 타고

아들아, 준비가 다 되었거든 번개를 타고 우주로 떠나자
우주의 산과 숲, 바다를 찾아 떠나는 여행은
더없는 추억과 기쁨이 되리라
아들아, 지난 여름 철원 민통선 울창한 숲에서
금강초롱 꽃 만난 기쁨을 기억하고 있느냐
외설악 깊은 계곡 맑은 물에서
열목어 발견했던 기쁨을 기억하고 있느냐
우리가 우주 어디에선가 만나게 될 생명을 생각하면
우주여행은 기쁨에 가득 차는구나
지구 외 지적 생명의 탐사 일정표를 잘 갖추어놓거라
별자리표와 우주 전파 망원경과 파이어니어에
실어 보냈던
우주인에게 보내는 메시지 금속판과
지구인의 인사와 음악을 녹음한 황금 레코드도 잊지 말
거라
아들아, 절망하거나 두려워하지 말아라
백조자리 타우 별과 에리다누스강자리 입실론 별에서
너는 놀라운 생명을 만나게 될지 어찌 알겠느냐
30만 개의 별이 모인 구상성단 M_{13}에서
우리를 기다리고 있을지도 모를

생명을 생각해보면 가슴 뛰지 않느냐
아들아, 가자. 저 광활한 우주 속으로 번개를 타고.

빅뱅*

비 오는 도시를 바라본다
두 개의 허파는 구멍이 숭숭 뚫려
산소와 이산화탄소의 교체를 제대로 하지 못했다
나는 물질로 돌아가고, 물질은 허무로 돌아가려 했다
허무가 생명을 가지고 존재의 의미를 갖기까지
150억 년이 걸렸다
의미도 모르고 시작된 생의 진공 속에서
나의 생명은 고열로 신음하며 상전이(上轉移)했다
창밖의 빗방울은 웜홀을 타고 흘러들어와
새로운 진공을 만들고
흔들거리며 범람하는 링거 병에서
방울방울 맑게 떨어져내리는 허무의 알갱이들이
푸른 정맥 타고 심장을 향했다
한때 생의 고통이었던 것들이 이슬로 불꽃으로
각기 독립된 소우주를 이루며 심장에 닿았다
고에너지의 기포층은 전이와 전이를 거듭하다
10^{-34}초에서 10^{100}배로 일순 팽창하더니 대폭발을 시작했
다
물질과 반물질이 빛을 물고 터져나왔다
폐의 깊은 곳이 찔릴 때마다

나는 심한 기침을 해대며 우주를 쏟아냈다

얼마만큼의 허수의 시간과 실수의 시간이 내게 남아 있
는가

좌심방에서 허파꽈리에서 위장에서 간장에서 십이지장
에서 항문에서

생명은 쌍소멸과 생성을 힘겹게 하면서

양성자, 반중성자, 중성자, 쿼크, 전자를 뱉어냈다

비 오는 병실 창가 수천 수억의 우주가

어둠의 깊은 곳에서 푸르스름하게 빛나고 있었다

* 가모프가 주장한 우주 대폭발설

별의 죽음

독수리 문장 왕관벼슬 위에 빛나던 금빛 권좌의 별이여
나일의 강변에서 이천 년을 울며 기다리던
유다의 별이여
에투알르 광장 무명용사의 죽음 위에 새겨진 별이여
양떼와 목동마저 아늑하게 잠들게 하던 사막의 별이여
헤르쿨레스 · 작은여우 · 마차부 자리를 그리며
잠들던 별이여
너의 이름으로 불의를 향하여 총을 쏘던
가슴에 빛나는 별이여
어둠의 벌판, 눈물 끝에 부서지며 아롱거리던
외로운 별이여
여름밤 꿈과 낭만으로 이슬 젖어 내리던
내 유년의 별이여
은하열차를 타고 우주를 달려 너를 찾아가던
신비의 별이여
이제는 인간의 머리와 가슴에 뜨지 않는 죽음의 별이여!
별 하나의 추억과 별 하나의 이름조차 기억할 수 없는
잊혀진 별이여
아, 우리의 별들, 우리의 운명들!

무궁화 꽃이 피었습니다

유년의 골목길에서
술래가 된 나는 눈을 꼭 감고 숫자를 셉니다
하나 둘 셋 넷 다섯 여섯 일곱 여덟 아홉 열
눈감고 있는 동안 보았던 캄캄한 어둠의 세계는
무서웠습니다
그래서 빠르게 빠르게 세었습니다
무궁화꽃이피었습니다
무궁화꽃이피었습니다
이리저리 기웃거리는 어둑한 골목에서
나는 친구들을 찾아냅니다
깔깔거리던 웃음 바람에 부서져 반짝이는 별로 뜨고
유년의 시간 흘러갔지만
술래의 숫자세기는 계속됩니다
카운트다운 9 8 7 6 5 4 3 2 1 0 발사!
무궁화호가 광활한 우주 속으로 치솟습니다
추억의 잔광 생의 매듭 매듭에서
불꽃 타올라 얼비치고
천지간 꽃씨는 날려
어둠의 바다
웅크리고 있던 꽃잎들 떠내려갑니다

흑점(黑點)

황제의 영토 가없이 넓다
밤에 보이는 은하의 모든 별이 그의 제국
너무 넓어 상상이 그 끝을 경계한다
밤이 지나고 아침이 오면
충성을 맹세하던 제후(諸侯)
빛의 칼날에 무더기로 쓰러지고
깨끗하게 사라지는 꿈의 제국 간 곳 없다
용포 싸인 존엄한 권좌에 피 토하며
옥쇄하는 황제
빛의 창과 칼에 수없이 찔려
눈부신 신화로 떠오르는
태양신
흑점은 폭발하고
빛은 어둠으로, 어둠은 빛으로 산화한다

뉴턴과 사과

사과나무 위에 올라앉아 있는 나를
아래로 내려오라고 명령한다
내가 왜 내려가야 하는가를 묻는다
그게 너의 운명이야
나는 거부한다
바다의 물 한방울도 흘리지 않고
잡고 있는 무서운 녀석이 말한다
할 수 있다면 그대로 있어보아라
나의 잎들이 떨어져나가기 시작한다
나의 뿌리가 뒤틀리기 시작한다
나무가 나를 놓았는지
내가 나무를 놓았는지
나는 추락한다
추락하면서
나는 놀랍게도 사과가 되어 있음을 본다
사과나무가 아니라
황금의 사과로 우주의 공간을 아주 빠르게
달리고 있는 나를 본다

우주 탐험가

'우박이다'라는 말을 우주로 듣고
졸다가 깨어나 휘둥이는 나를 보고 마누라는
치유가 곤란한 중증의 망상가라고
몰아치고 아들놈은 아빠가 대단한 우주 과학자이며
우주 탐험대장이라고
동네 꼬마녀석들에게 자랑스럽게 외치고 돌아다니는
망상가와 과학자라는 엄청난 틈 사이에서
나는 오늘도 우주와 우박, 우산, 우거지, 우물, 우루사는
도대체 어떤 관계에 있는지
그래서 어떻게 하면 저 너른 우주의 세계를
자유롭게 넘나들 수 있을까를 생각하며
우주의 꿈을 꾸고 있다

빛 그림자

강아지 한 마리 목줄 늘어뜨리고
졸졸 따라오다 서고 물끄러미 나를 바라보는
개같은 날의 아침
버스에서 형편없이 구겨지다 튕겨나와
교정에 들어서면 신록의 아이들 비껴가고
눈부신 봄꽃 한 잎 두 잎 빛 사이로 흩날리는데
한순간 아득한 어지러움에 텅 비어버리는 먼 하늘
소리가 죽고 사물이 정지하고
부러지는 내 빛의 날개
나는 개줄이 길게 늘어져 질질 끌리는 것 같아
자꾸 뒤돌아보며
부질없다, 부질없다를 되뇌며
또 며칠 몇 날 신음해야 하는가
어둠에 들어오면 사라지는 그림자
아무도 모르게 더 큰 구멍 키워
심연(深淵)으로 내 뒤를 좇을
허무의 덫
내 삶의 블랙홀

우주일보

우리은하 모든 별나라에 태양 에너지 무상공급 실시

우주 생명체 시민연합 금성 유독가스 유출 조사. 반핵 데모 가열

목성댁 열여섯번째 막내아들 궤도 이탈 가출

푸른별 지구 관광특구 지정

명왕성 절대 독자와 천왕성 셋째딸 결혼

해왕성주 해군 지원병 모집

페가수스 대학 올해 경쟁률 치열

은하단에 블랙홀 형성. 안드로메다 은하 계곡 통제 실시.

황도 별자리 뷔페. 금일메뉴 : 까마귀, 전갈, 게, 황소, 사자

엔케 혜성의 불쇼, 뱀쇼. 소행성 나이트 성인클럽

남극성 노인 백색거성 질환으로 별세. 장지(葬地) 사수자리

달떡 있음

내 사랑 빅뱅

머리에서 발끝까지 죄악이기에
검은 옷 휘감고
죄악은 나 하나로 족하다며
의미 모를 웃음 살짝 흘리는
어둠의 여인
나는 물을 만난 물고기
제멋대로 뛰놀며 기쁨으로 팽창한다
사랑의 심지에 불 붙이면
불꽃 튀기며 나의 사랑 타들어가고
빛 사이사이로 내 사랑 활짝 피는데
자기 나 좋아? 하고 외칠 때
나의 사랑은 빅뱅
꽝!
우주가 폭발한다
그녀가 폭발한다
자신을 버리고 생명을 갖는
내 귀여운 여인!

눈꽃

눈이 오면
미친 듯이 휘몰아치며 나를 찾으러 다니는
눈을 보면
나는 벌판에 서지 않을 수 없다
더는 떠날 수 없어 차라리 벌판에 서서 운다
머리로 어깨로 발밑으로 눈이 쌓여가고
나는 뿌리를 내려 벌판의 나무로 바뀌어간다
잎들이 떨어져나간 상처의 자리에서
황홀히 추락할 미래를 꿈꾸기 시작한다
끝없는 날을 어지러이 춤추는 이 고요
우주를 다 채워도 더 많이 비어 있는 이 벌판에서
너는 뜨거운 가슴으로 내 몸에 문신하지만
내일이면 스러질 눈물 한방울과 같은
차가운 생명의 꽃이기에
비정한 존재를 명징하기 위하여
지상에서 가장 슬픈 생명을 잉태한다
미래의 무게를 이기지 못하고 투드드득
부러지는 나의 한쪽 팔과 다리
태양이 떠오르면 너의 젖은 입술은
빛을 물고

쉽게 버려진 순결의 의미로
아, 황홀히 우주로 되돌아간다

천이궤도[*]

너의 목마름과
나의 그리움이 만나는
한계점
천이궤도에서
우리는
영원에 대하여 논했다
그 무엇도 영원할 수 없음이 슬픈 것임을
그 무엇이 영원하다는 것 또한 슬픈 것임을 알고
존재가 갖는 슬픔에 울면서
우리는 천이궤도를 돌았다

* 어떤 정상궤도에서 다른 정상궤도로 옮길 수 있는 한계선

제 3 부

꽃의 반란

꽃은 우주를 향하여 반란하지 않는다
필 때 피고 질 때 진다
우주가 꽃을 향하여 폭력을 행하더라도
꽃은 자신을 아낌없이 버린다
잎과 줄기 비틀어지더라도 신음하지 않는다
꽃의 죽음 확인하다보면
뿌리의 주변
작지만 단단한 꽃씨 떨어져 있다
죽음의 씨알, 씨젖 속에
마지막까지 꿈꾸던 우주 간직하고
천지 깨려는
꽃의 은밀한 반란
조반월(爪半月)이 어둠을 갉는다

허공

한없이 튀어오를 수 있는
나의 허공 비어 있음은
때로
감당할 수 없는 고문 되어
시린 눈가
어릿어릿 내려와
아득한 절망
가슴에 찍는다
빛의 바다로
어둠의 바다로
꽃잎
꽃잎이
간다

첫 발자국

1969년 7월 21일 오전 11시 56분 20초에
나는 인간에게 짓밟혔다
그의 완강한 힘에 나는 저항할 수 없었다
수천억의 무리에서 너와 나는 선택되지 않았느냐
그래서 이렇게 운명이 되어
서로를 가까이에 두고 돌고 돌지 않느냐
용서하라 사랑이여,
너의 순결한 가슴을 오늘 푼다
떨리는 손끝이여!

팽창이론, 악(惡)의 꽃

陰

악(A).

꽃(B).

꽃(B).

악(A).

절대 악(|A|). 절대 꽃(|B|).

악꽃(AB). 꽃악(BA).

악악(AA). 꽃꽃(BB).

악은 꽃(A=B). 꽃은 악(B=A).

악과 꽃(A+B). 꽃과 악(B+A).

악에 악(A+A). 꽃에 꽃(B+B)

악에 꽃(A∩B). 꽃에 악(B∩A).

악의 꽃(A⊃B). 꽃의 악(B⊃A).

악 아닌 꽃(A≠B). 꽃 아닌 악(B≠A).

악 아닌 악(A≠A). 꽃 아닌 꽃(B≠B).

악 없는 꽃(B−A). 꽃 없는 악(A−B).

악 없는 악(A−A). 꽃 없는 꽃(B−B).

악 아니면 꽃(A or B). 꽃 아니면 악(B or A).

악이거나 꽃(A∪B). 꽃이거나 악(B∪A).

악에서 꽃까지(A∼B). 꽃에서 악까지(B∼A)

악악악(AAA). 꽃꽃꽃(BBB).

악에 악 제곱(A^2). 꽃에 꽃 제곱(B^2).

사인 악($Sin\ A$). 사인 꽃($Sin\ B$).

코사인 악($Cos\ A$). 코사인 꽃($Cos\ B$).

탄젠트 악($Tan\ A$). 탄젠트 꽃($Tan\ B$).

파이 악(ΠA). 파이 꽃(ΠB).

시그마 악(ΣA). 시그마 꽃(ΣB).

인테그랄 악($\int A$). 인테그랄 꽃($\int B$).

악 팩토리알($A!$). 꽃 팩토리알($B!$).

무한대 악(∞A). 무한대 꽃(∞B)

陽

가상현실

F/A-18을 타고 비행하는 나의 삶은 처음부터 가상현실
이다
HMD 조망 안경을 쓰고 조종석에 앉아 미래의 어둠을
주시한다
우주 한가운데 소행성으로 뚝 떨어져 있는 나는,
시작도 끝도 모르는 가상현실에서 나타나는 모든 것과
싸우는 고독한 전투사이다
내 생의 전체가 이미 CD-ROM에 입력되어 있는지 한
정적이며
운명적이다
뫼비우스의 행로를 허무로 떠돌며
나는 만나는 모든 생명과 비생명에 존재의 의미를 새긴
다
대형 조망 스크린 어둠의 전투지역에서 무서운 에너지를
가진
파괴자들이 달려 나온다
조직, 맹목, 이기, 폭력, 무관심, 형태, 시간이 달려온다
나는 피치, 롤, 요요의 조종키를 잡고 엔진 조절 플랫폼
을 정신없이 작동시켜 아슬아슬하게 비껴 나간다
오직 살아 남기 위하여 뇌파통신과 무기조종 조이스틱으

로 무차별 난사한다
　몰입과 상호작용은 생의 기쁨을 절정으로 상승시키는 게
임룰
　나는 또 하나의 행성을 정복한다
　생의 절정이나 절망의 순간에 나를 단숨에 질식시키는
　그 무서운 소리가 또 나타난다
　WHO AM I?
　WHO AM I?
　나는 우주의 미로 속으로 천길 만길 추락한다

핵겨울

　사람들은 독버섯의 무서움에 대하여 잘 이해하고 있지
못했습니다
　오키나와, 히로시마에 독버섯이 처음 돋던 날
　사람들은 독버섯의 가공할 힘을 보았지만 오히려
　자신을 지켜주는 가장 튼튼한 갑옷이 독버섯이라고 믿는
것이었습니다
　하늘에서 불꽃놀이가 다시 시작되던 그날
　사람들은 살아 있는 자신을 저주했습니다
　처음엔 독버섯의 열기로 사물이 녹아내렸습니다
　생명과 무생물 가릴 것 없이 죽음을 안고 무너져내렸습
니다
　독버섯은 하늘로 자라면서 하늘을 덮고 나중에야 땅을
덮었습니다
　그리고 그 핵겨울이 왔습니다
　회색의 낙진과 연기로 만들어진 독버섯의 그늘 때문에
　태양빛은 하늘을 뚫고 땅에 닿지 못했습니다
　암흑의 나날이 계속되었습니다
　땅은 얼어 빙하기로 되돌아갔습니다
　추위와 기아에서 식물이 먼저 자신을 버렸습니다
　이어서 동물이 자신의 움직임을 거부했습니다

사람들이 마지막 남아 있던 사고의 능력을 버렸습니다
이제 땅에 생명은 없었습니다
혼돈과 흑암이 태초의 날처럼
온 땅에 컹컹거리며 몰려다녔습니다

불꽃

내가 죽으면 어둠의 시간에 벌판에 나가
나를 불로 태워라
열락을 즐기던 가면의 살은 기름 되어 타고
내 생을 지탱하고 있던 번뇌의 뼈는 무너져
한 줌 먼지로 바람에 휘날리리라
죽어서도 눈을 감지 않는 영혼이
몇 개의 사리로 남아
닿을 수 없는 별이 되어 빛나리라
그 어느 날 다시 태어날 초신성을 위하여
너와 나는 사랑의 불로 영원히 타야 하리라

상대성의 세계 1
―시간은 절대적이 아니라 상대적이다

시간이 빠르게 동굴로 들어서서 느리게 지나간다. 어느 때는 서 있는 내가 가는 듯이 스르르 밀려 나아간다. 입이 열리고 죽어 있던 과거가 현재로 살아나 밖으로 걸어 나온다. 안은 여전히 마른 뼈에 해골을 얹은 나의 분신이 미라로 굳어진 채, 운명의 줄을 하나씩 잡고 엉클어져 한결같이 무표정한, 일그러진 모습으로 밖을 내다보고 있다. 나는 시간을 그대로 떠나보낸다. 미래로 사라지는 시간을 물끄러미 바라본다. 광추면을 광속도로 달려 끝내는 시간이 사라진 무한궤도에서 만나게 될 우리는 무엇으로 남아 있을 것인가. 끝내 거꾸러지고, 엎어지고, 뒤집어지고, 비틀어지고, 풀어지고, 꽂히고, 무너지고, 부서지는 것들의 아름다움을 보며 머뭇거리는 사이, 또 다른 시간이 빠르게 어둠에 들어서서 나를 다른 시간으로 밀어내고 있다. 여기에 서성이며 시간을 떠나보내고 있는 너는 누구냐?

상대성의 세계 2
—질량은 에너지와 동등하다

너를 향한 생각과 깊이, 사랑[思量]의 무게를 질량 M이라고 하자. 사모(思慕)와 같이 내 안에서 부피를 더할 뿐 아직은 행동을 갖지 못한 정지된 사랑의 질량을 M_0라고 하자. 내가 너를 향하여 달려가는 속도를 V라고 하자. 나는 너를 생각한다. 바닷가를 거닐면서 지구상에서 너와 내가 한 시대에 함께 존재한다는 것이 아무리 생각해도 신기해서 몸이 떨려왔다. 너는 그림자처럼 나무의 새처럼 나를 떠나지 않았다. 서서히 가속기가 무한을 돌며 내 사랑의 질량을 부풀게 했다. 사랑의 무게가 견딜 수 없는 신음으로 너를 안고 뜨거운 입맞춤과 으스러지는 포옹으로 함몰해갔다. 가속기가 빛의 속도가 되자 사랑의 질량이 감당할 수 없을 만큼 팽창하고 나는 너를 안고 쌍생성과 쌍소멸을 거듭했다. 그러자 놀랍게도 중성자와 양성자를 띤 사랑의 입자들이 불꽃을 튀기며 나왔다. 내가 너를 향하여 생각했던 모든 어둠과 빛들이 일순에 에너지를 물고 원자의 핵이 너를 삼키며 터졌다. 나는 너를 향하여 영원한 불꽃으로 녹아내렸다. 우리의 하늘에 초신성(超新星)이 빛을 띠었다.

실크로드를 따라

향료, 명주, 도자기 싣고
개똥불 비비며
아라비아 공주 찾아가는 길은 황홀하여라
황하(黃河) 지나 초원을 건너 사막의 길 스며들고
벌판에서 들려오는 밤의 소리에 홀려
우우— 대지를 꿈꾸다 깨어나면
은빛가루 뿌려진 실크로드 하늘에 닿아 있어라
북천(北天) 달리는 천제(天帝)의 수레 타고
은하의 계곡, 산과 강 건너
지금 어느 마을 지나고 있는가
사자, 큰곰, 목동, 사냥개 나와 노래하니
사랑은 멀지 않으리
사랑은 멀지 않으리

가이아*의 세계

　인도 어머니의 강, 갠지스 강가는 죽음을 흘려보내기 위
해 산 자들이 장작불로 주검을 태운다. 살 타는 냄새가 진
동하고 뱃속의 가스가 터지고, 가난한 자의 주검이 타다 남
은 숯덩이로 강물에 던져진다. 죽음이 흘러가는 강물로 사
람들이 양치질하고 목욕하고 그 물을 마신다.

　가부좌 틀고 우파니샤드를 설법하고, 동굴과 바위에 앉
아 명상에 잠겨 죽음을 맞이하는 지상의 은둔자. 벌레가 시
체를 뜯고, 바람은 그의 영혼을 삶과 죽음의 경계가 없는
저 세계로 실어간다.

　보리수 잎 주검 위에 떨어지며 영혼의 순례자 가이아의
세계로 간다. 불씨를 가지고 어느 곳 영혼의 별로 태어나
그는 새로운 아침을 맞는다. 강과 산에 브라흐만**의 꽃 가
득 피어난다.

* 우주 전체를 하나의 유기적 생명체로 보는 이론
** 절대 존재

X 파일

너와 나의 사랑이 기록되어 있는 X 파일
X 파일의 비밀은
두 영혼에 숨어 있어
하나가 죽으면
그 사랑을
누구도 열어볼 수 없다는 것이다
지상에서.

말머리 성운

쐬주 한잔 걸치고 음습한 도시의 밤길 더듬어
집으로 비틀비틀 돌아가는 길은 왜 이리 적막한가
깊은 산중을 홀로 가듯
허공에 차이는 헛걸음으로 나뒹굴며
가슴 파인 상처로 신음하는 날은
나는 말 울음소리 듣는다
사방 둘러보아도 말은 보이지 않고
히잉히잉 말 울음소리뿐
無量劫一念 一念無量劫 須知 一方無量方 無量方一方
노승이 남기고 간 화두를 사십 넘어 풀었을 때
나의 별자리에 나타난 말머리 성운
힘차게 하늘에 걸려 있다
어떤 고삐에도 묶일 수 없는 오만함으로
싱싱하게 신틀음 치는 초신성의 말이 나를 물어 올려
자신의 등에 태운다
우주의 광야를 달리는 내 영혼의 말아,
더듬이 촉수는 부러지고 귀소본능의 주름진 세포로
길 한치 벗어나지 못하고 오고가는 나를 위하여
이승의 마구간으로 가든, 우주의 끝으로 가든
신세계로 나를 데리고 가라

이왕이면 딸랑딸랑 종소리라도 울리며
방랑자의 노래라도 부르며

문명과 문맹

스페이스오디세이 스타워즈 솔라리스 매드맥스 스타트
랙 ET
에이리언 터미네이터 로보캅 토탈리콜 인디펜던스데이
화성침공
머지 않아 고전에나 남아 있을
문명의 폐허들
문맹의 잔해들
기억하라, 사우루스를
오스트랄로피테쿠스를
깊은 밤
깊은 곳
우리의 별 높게 걸리어
푸르게 빛나고 있음을

제 4 부

지구 외 지적 생명

내 한 몸 살기 힘들어 개새끼도 귀찮아지는 세상
왜 나의 머릿속은 자꾸
낙타가 바늘구멍에 천만 번 들어갔다 나와서
천국에 갈 수 있는 기적을 꿈꾸며
드레이크 방정식을 셈해보고 있는 것일까
$N = R \times fp \times Ne \times fl \times fi \times fc \times L$
　　(N : 우리 은하 내의 지적 문명 수
　　R : 우리 은하 내에서 1년에 탄생하는 별의 수
　　fp : 별 중에서 행성을 가지고 있을 확률
　　Ne : 행성계 내에 생명이 살 수 있는 행성 수
　　fl : 조건을 갖춘 행성에서 생명체가 탄생할 확률
　　fi : 탄생한 생명체가 지적 문명체로 진화할 확률
　　fc : 지적 문명체가 다른 별에 자신의 존재를 알릴 확률
　　L : 지적 문명체가 존속할 기간)
　그래서 도대체 나는 얼마의 확률로 지금 살아 있다는 거
냐?

나사(NASA)

　머리에 나사가 몇 개씩 빠져 정신 빠진 계산을 하고 세상을 망치로 두들겨 쓸모없는 깡통을 만들어 하늘로 던지는 미친놈들이 있다. 전파 망원경 궤도에 올려놓고 우주상의 개미 분포를 살피고 갈릴레오를 목성에 보내 외계가 인류의 두개골 크기에 미친 영향을 알아보고, '알파' 기지를 건설하여 날으는 양탄자를 취항시키고, 노동자를 월면공장으로 파견시켜 광맥을 찾고, 화성에 고층 아파트촌을 세워 분양한다는 술취한 놈들.

　나사가 빠진 놈들은 나사가 빠져 있어 한없이 무섭다. 누가 저놈들의 헐거운 머리에 나사를 더 빼어버리거나 꼭 꼭 죄어다오. 그러나 삶이 도무지 재미 없어 지랄 같을 때 놈들이 한없이 부러워 협잡을 꿈꾸며 나는 미친 듯이 외친다. 누가 나의 머리에서 나를 죄고 있는 이 더럽고 냄새나는 일상의 녹슨 나사를 빼다오. 녹슬은 나사를 빼다오.

우주헌장

마음대로 하라.

우주에서 사랑을 하든지 죽든지 싸우든지 파괴를 하든지
전쟁을 하든지 매매를 하든지 오물장으로 만들든지 마음
대로 하라.

우주의 티끌로 살다 우주의 티끌로 돌아가는 존재여,
우주는 열려 있으니 꿈꾸는 자의 것이다.

우주로 가는 길

구도의 길을 걸어라
비행기, 반달 동요를 성의껏 불러라
알퐁스 도데의 별을 읽고 목동이 되는 꿈을 꾸어라
별자리 여행의 책을 사서 읽어라
우주란 단어가 나오는 정보는 모두 수집하라
고개가 삐뚤어지도록 밤하늘을 보라
뻔질나게 비행기를 타라
대학 우주 항공학과를 택하여 가라
아마추어 천문학회에 가입하여 신발 닳도록 쫓아다녀라
70mm 광시야 굴절망원경을 사서 렌즈 구멍을 눈알 튀
어나오게 들여다보라
공군에 입대하라
인터넷 가상공간에 들어가 우주를 탐험하라
이제 당신의 믿음이 중요하다
칠월칠석날을 기다려 칠일월을 타고 은하의 강물을 건너
라
비가 와 강물이 불어 배가 뜨지 못하면
까치를 불러 하늘의 다리를 만들어 건너가라
길이 없다고 생각하는 곳에 길이 있다
우주는 오래 전 이미 너의 가슴 안에 들어와 있다

하루살이

무량수(無量數)의 날을 센다
무량수의 날을 세기도 전에
나는 낙엽보다 더 빨리 어둠에
떨어지리니
무량수의 날이 무슨 소용 있겠는가
그래도 나는
무량수의 날을 센다
나의 하루는 길어
지순한 사랑을 하며
우주를 넘나들며
무량수의 날에 다다를 그날을 꿈꾸며
의연하게
의연하게
비상한다

ET를 찾아서 1

하루가 힘겹게 지나간다
힘겨움 중에서
나를 가장 잔인하게 짓밟고 지나가는 것은
가장 가벼워야 할 덧없음이다
풀꽃이라고
풀꽃의 이슬이라고 말하며
차례차례로 쓰러져가는
들판에서
나는 ET를 찾는다
허물어뜨릴 수 없는 생명의 신비를
너에게 보여주고 싶은 것이다
이 세계의 덧없는 소멸이
저 세계의 생명으로 피어 있음을
너에게 보여주고 싶은 것이다

ET를 찾아서 2

지금 어디에선가
날아오고 있을지도 모를
지금 어디에선가
애절하게 나를 부르고 있을지도 모를
그곳이 폐허
암흑의 오지일지라도
진한 우정의 입맞춤을 위하여
맨발로 뛰어나가야 하지 않겠는가
생명의 오랜 내 친구여,
기다리게.
내가 달려가겠네.

날자, 날자,* 나의 날개여

장자(莊子)가 붕새의 날개로 하늘을 난다
얼마나 큰지 한 번의 날갯짓으로
구만리 장천을 날아 명해를 건넌다
보들레르가 알바트로스의 날개로 하늘을 난다
날자, 날자, 나의 날개여, 내 어깻죽지에 돋아라!
나의 날개는 소리가 아니다
나의 날개는 빛이 아니다
상상과 믿음으로 짠 두 개의 날개로
나는 우주의 끝까지 간다

* 이상의 「날개」에서

타는 영혼의 불꽃

삶은 죽음이라는 이름으로
단 몇 자 요약되어 비문에 남는다
시간이 존재를 버린다
커서가 깜빡깜빡하더니
의식을 매달고 가던 눈앞의 생이 갑자기 꺼져 흔적 없이
사라져버리고
무한 어둠에 묻혀버린다
타는 영혼의 불꽃은 적막 우주의 한가운데서 부활을 꿈
꾼다
나의 상상만큼 우주가 생성된다
나의 심장에 결석으로 남아 아픔을 주던 사랑들이
푸른 보석이 되어 빛난다
슈메이커-레비 혜성이 아름다운 빛의 꼬리떼로 끌고 온
죽음을
목성을 향하여 연쇄적으로 던진다
내가 깨지고 세계가 깨진다
가공할 공간과 허무의 힘으로 끌고 당기는 이곳에서
죽음은 한낱 웃음거리가 되고
두려워할 겨를 없이 팽창해가는 생명의 근원 속으로
나는 황홀히 전속력으로 달려간다

씨는 시다

시 속에 숨어 있는 알 수 없는 생각이
죽음의 바다에 씨를 던지며 짓까분다
씨는 어둠의 바다를 떠다니며
공허하다
허무하다를 외치며 춤춘다
어둠을 달리던 빛이
씨에 갇히고
씨는 무거운 어둠을 벗는다
완성되는 우주의 시
쑥부쟁이 꽃이 피어난다
개민들레가 피어난다
풀꽃 잡초 할 것 없이 마구 피어난다

시인이 시적으로

공포, 스릴, 액션, 잔인한 비정
신이여, 부처여, 공자여, 과학이여
시인이 시적으로 외친다
기아, 전쟁, 질병, 간음, 오염으로 악취가 가득한
지구의 별이여
썩을 땅도 바다도 남지 않았구나
더러운 인간이여, 은하수에 심신을 씻으라
저런 가이사끼! 염병할 놈!
날아가는 돌팔매
피 흘리며 중얼거리는 시인
기다리거라 어린 왕자야
내 영혼 혜성에 꼬리 달고
너를 찾아
여우의 굴이 있는 우주로의 여행 떠나리라

우주 정거장

저기 우주가 간다
저기 우주가 온다
우주 열차가 와서 무수한 우주를 쏟아놓고
무수한 우주를 싣고 떠난다
빨간빛의 우주가 와서 파란빛의 우주 가까이에 선다
강한 자장이 흘러나와 나약한 우주를 끌어당긴다
우주가 끌려간다
우주로 뭉쳐진 한 덩어리 우주가 무한궤도를 달려
우주에서 멀어지고
우주에로 다가가고 있는 동안
우주와 우주가
끌고 당기며 부딪치고 깨지며 소리지른다
그러나 우주의 소리는 들리지 않는다
저기 우주가 간다
저기 우주가 온다

짝짓기

이 너른 우주에
나 홀로 있어
나는 미쳐서
소리치지 않을 수 없다
여보세요, 거기 누구 없나요?
제발, 응답해주세요

제 5 부

ET와 함께 춤을

　네, 비행접시가 서서히 멈추어 섰습니다. 자동문이 열리고 마침내 우리가 기다리고 기다려왔던 최초의 외계인이 우리 눈앞에 모습을 드러내려는 순간입니다. 외계인과 지구인의 최초의 만남. 오늘은 인류역사에 다시 없을 감격의 날이 될 것입니다.

　네, 외계인 ET가 드디어 나타났습니다. 앗! 그런데 이게 어찌 된 일입니까. 시청자 여러분, 오, 주여! ET는…… 지금…… 보고 계시듯이…… 아!…… 인간들이 비명을 지르며 도망갑니다. 밀치고 쓰러지고 엎어지고 소리지르며 도망갑니다. 충격적인 ET의 모습에…….

　지금이야말로 인간의 지성과 우주애(宇宙愛)와 ET에 대한 믿음이 필요한 때입니다. 열린 생각과 사랑의 마음만이 저 세계와의 만남을 이어줄 것입니다. 조건이 있을 수 없습니다. 생명과의 만남만으로도 우리 은하의 기적입니다. 우리는 기쁘게 ET와 함께 춤을, 춤을 추어야 합니다!

안녕, 지상의 티끌들이여

안녕, 지상의 티끌들이여
광활한 어둠 너무 황홀하여
나의 껍질 버린다
내가 잠시 머물고 가는 이곳의 추억은
너무 아름다웠다
지상에서 남은 마지막 언어
영혼에 싣고
나를 쏘아올린다
토성의 아름다운 테가 내 영혼에 감긴다
안녕, 지상의 티끌들이여
나는 이제부터 우주로 존재한다

은하에서 은하로

산의 한자락 타고 오르다
산의 한자락 타고 내려오는
산행이 끝나면
산 닮은 작은 산으로
산에 눕지 않겠는가
허공 향하면
산의 높음과 깊음이
무엇 소용 있으랴
은적암(隱寂庵)
허당루(虛堂樓)
달 은은히 품었다 놓고
그 아래
나의 은하
은하에서 은하로
꿈같이 흐르느니

이브의 경고

지겹게 비 내린다
나는 아랫목에 개기고 누워 시간을 죽인다
티브이 속 무차별 쏘아지는 전자총에 지구인이
무더기로 나자빠진다
괴물 로봇, 소행성의 비행접시가 도시를 짓이기고
파충류가 휘두르는 전자채찍을 피해
사람은 폐허의 지하도시를 숨어 다닌다
허리를 구겨뜨리고 담배를 피워물다 잠시 졸았는가
갑자기 경기병 서곡 힘차게 울리며
어린이 용사 셋 '3단 변신 합체!'를 외친다
태극무늬 아로새긴 초능력 로봇이 만들어지고
소행성 우주기지가 순식간 파괴된다
아들놈이 신이 나 승리가를 따라 부른다
아빠, 어린이 용사가 지구를 구했어!
아이구, 눈물나도록 고마우셔라. 임마, 그건 공상만화야.
회색 낙진으로 점점이 형성된 여자가 나와 이브의 경고
를 한다
LE SIDA NE PASSERA PLUS QUE PAR TOI.
―에이즈가 너를 내버려두고 그대로 통과하지는 않으리
라!

  이 지구의 위기 속에서 나는 아까부터 아랫도리가 부풀
어 있다

스타워즈

　아브라함의 자손 유대 선지자 요한의 예언에 따라 지구
에는 적그리스도가 나타나고 3년 반의 거짓평화가 온다
　휴거가 일어나자 지구는 대혼란에 빠지고 노스트라다무
스가 말한 1999년 일곱 천사의 나팔소리가 울리며 3년 반
의 대환난에 접어든다
　맞서 싸우던 유대민족은 위기를 맞고 신에게 도움을 부
르짖는다 이에 응답한 하나님의 아들 예수의 재림으로 유
대민족은 세계를 지배하고 지구의 인간들은 그들의 왕 적
그리스도와 함께 처참한 응징을 받으며 파멸에 이른다
　그들도 사탄에 도움을 청하게 되고 하늘에서 지루한 싸
움을 계속해오던 사탄은 전세가 불리해짐을 알고 선택되지
못한 인간들을 데리고 지구를 떠나 안드로메다 성운으로
후퇴한다 한편 아름다운 지구를 탐내오던 ET 제국은 천년
왕국을 이룩한 유대민족으로부터 지구를 뺏으려 하나 지구
에 대한 자료가 없는 상황에서 지구의 공략이 쉽지 않다
　광복 50주년 기념 타임캡슐 속에 지구의 모든 자료를 소
장하고 있는 X 파일이 존재한다는 정보가 뜻밖에 알려지면
서 지구정복의 암투가 새로운 전기를 맞는다 그러나 핵폭
발로 인하여 2200년 화산 폭발이 일어난 제주도에서 타임
캡슐을 찾기란 쉬운 일이 아니다

　타임캡슐을 놓고 외계제국들이 싸움을 계속하는 동안 화
성에 거대한 공장을 세워 대량의 복제인간을 만들어낸 사
탄은 지구정복을 위하여 달려오는데…….

한여름밤의 꿈

단원들이 하나 둘씩 들어오고
자리에 앉아 악기를 만지작거린다
잘 닦인 금속성 악기가 빛을 반짝인다
비파와 하프를 든 여인도 보인다
왕비 카시오페아가 너그러운 왕 케페우스와 입장하여
우아한 모습으로 앉아 있다
조율하던 소리가 멎고 주위의 웅성거림이 잦아들고
조심스런 기침소리가 간간이 들린 후
지휘자 북극성이 들어선다
장엄한 오케스트라는 대적전(大寂殿)이다
악보를 펴놓고 눈을 감고 있던 그의 손이
아주 조용히 리듬을 타자
우주의 악기가
우주의 소리로
우주의 아름다움을 노래하기 시작한다
백조가 춤추고
목동이 방울 소리를 울리며 지나가고
사냥개들이 그 뒤를 따라가며 짖어대고
물병에서 은하수가 흘러내리고 물고기가 튀어오른다
때로 페가수스가 날개를 펴고 하늘을 달리고

큰곰, 기린, 외뿔소, 사자들이 깊은 밀림에서
대지를 향하여 소리친다
별똥별이 불꽃을 수놓으며 우주의 이편에서
저편으로 황홀히 사라지고
우주의 별들은 저마다 아름다운 모습을 차려입고 나와
은하 오케스트라단의 은은한 선율에 맞춰
이슬 내리도록 춤추며
한여름밤의 꿈을 즐긴다
여름밤 하늘은 금방이라도 그 모든 별들을 다
쏟아부을 것 같다

봉창 뜯는 소리

하늘 쳐다보며 별이 어쩌구 우주가 어쩌구
왜놈인가 외계인인가가 어째?
하루하루 빌어먹고 살기도 힘든데
허구한 날 하늘구멍만 쳐다보고
봉창 뜯는 소리나 하고 있으니
하늘에서 쌀이 떨어지나 돈이 떨어지나?
하늘 쳐다보고 길 가던 놈 하수구에 빠져 죽었다 합디다
설사 달덩이가 전부 금덩이라고 하더라도
그게 쥐뿔 뭔 소용 있난 말이여
별에 사람이 살고 있다 해도
거길 뭔 재주로 가 만날 거여
가다 늙어 죽지, 병들어 죽지, 아니면 벼락맞아 죽기나
하지
무슨 얼어죽을 우주과학, 얼어죽을 은하도시
영원한 생명과 구원이 하늘에 매달려 있어?
에구구구, 하나님이 또 한 분 계시네!
아쓱 간 양반아, 그럼, 내 부탁 하나 합시다
꽃다운 청춘에 청상과부 만들어뿌리고
저 하늘 가뿌린 봉팔 아부지 좀 찾아가지고
내 눈앞에 좀 데려오소

내 그 동안 뿌린 눈물바다에 배 띄워놓고
그 양반과 함께 실컷 뱃놀이 한번만이라도
멋들어지게 하고 죽었으면 원 없겠소!

불확정성의 원리 2

무엇 때문에, 왜, 어째서, 피치 못할 절대적 이유로
형의 시가 꿈꾸는 섬을 노래하다 갑자기
우주로의 초대로 바뀌었느냐 이겁니다
섬에서 우주라니, 황당무계하지 않아요?
물론 섬과 우주에서의 존재성 추구가 같다고 말씀하시지만
너무 통속적이란 말입니다
어느 시라고 존재성 추구가 없습니까
과학적 사고와 언어를 문학에 접목시켜
시세계의 영역을 우주로 끌어올리고 싶다지만
현실을 저버린 우주가 어찌 정당하겠어요
현실세계의 도피로 우주를 선택한다는 것이
비겁하다는 것입니다
문제는 형의 그 피치 못할 절실한 이유가
무엇이냐가 문제인데
이것에 대한 대답 없이는
형이 쓰는 우주시는 개떡이란 말입니다
뭐라고요? 아무렇게나 생각하라구요
우주가 돌아가는 소리는 들리지 않는다고요
우주에서는 시도, 삶도, 개떡도 정의되어지는 것이 아니
라고요?

4만 8000광년 후

여기는 지구
헤르쿨레스 M 13, 외계인을 찾는다
내 말이 들리면 응답하라. 오버.
나의 말이 전파를 타고 지구를 떠난다
여기는 M 13
지구, 너의 말이 들려 응답한다
우리도 외계인을 찾는다. 오버.
M 13의 말이 전파를 타고 우주 공간을 떠난다
2만 4000광년의 거리를 달려
4만 8000광년 후
마침내 지구에 도착한 소리
번개와 천둥이 친다
하눌님, 우리를 보호하소서
원시인이 재빨리 동굴 속으로 도망가고
무서운 밤이 시작된다

나의 과학은

우주의 것은 다 같은 생명이었어요
밤하늘의 별은 영혼을 가진 존재자였고
우주는 살아 있는 심장이었어요
지상의 생명에서 우주의 생명으로 돌아가는 나는
가장 정교한 생명으로
우주의 존재자가 되는 것이었지요
양자의 무의식이 거대한 우주의 유기체를
발견한 것이지요
유성이 떨어져 사라지면
나는 슬픔에 눈물 흘립니다
새 별이 생겨나 반짝이면
세상 어딘가에 새롭게 태어날 생명을 위하여
나는 기도합니다
나의 과학은 사랑입니다
시간과 공간을 좇아가서
우주에 있는 생명과 무생명의 영혼을 만나
나는 뜻대로 아름답게 사옵소서, 영혼을
노래하고 나의 길을 갑니다
나의 과학은 생명에 대한 외경입니다

공간개념

개미가 땅 위를 기어 가다가 허공으로 떨어져 거미집에 걸렸다. 개미야, 목숨에 연연해하지 말아라. 네가 본 세상, 그게 전부란다. 네가 쓰러진 그곳이 하늘이란다. 거기 새 세상이 있고, 하느님이 계시지 않더냐. 이제 너는 거미가 되는 거란다. 절망의 벽에 떨어져보지 않고서는 개미가 거미를, 거미가 사람을, 사람이 하느님을 알 수 없단다.

우주의 저편으로

우주의 저편으로
기형도가 가고
박정만이 가고
김현이 갔다
도대체 우주의 저편에 무엇이 있길래
사람마다 서둘러 가는가
삶, 사랑, 꿈, 고독 다 남겨두고
은하의 강 건너가고
나는 지구에 홀로 남아
우주의 시와 음악과 꿈을
그리움으로 노래하는가

거기 천국이 있었네

거기 천국이 있었네
천국은 너무 아름다워
봄 여름 가을 겨울 없이 꽃 피고 지고
나무마다 열매 가득 열려 풍요했네
새들은 숲에서 쉼 없이 노래하고
초원과 사막에는 소떼와 하이에나 어슬렁거리고
강과 바다에는 물고기 떼지어 몰려다녔네
그곳은 사람도 짐승도 개미도 꽃도 박테리아도
자기 뜻대로 살고 있었네
하나님도 악마도 사기꾼도 비겁자도 다 같이 살고 있었네
산도 바다도 하늘도 마음대로 소리쳤네
사랑, 기쁨, 미움, 슬픔, 아픔도 다 있었네
제주 작은 섬 수목원 울울한 숲길 걸으며 나는 알았네
내가 살던 곳
그곳이 천국이었네

겉여문 사내의 올찬 시혼(詩魂)

천 승 세(소설가)

인성(人性)은 날로 강팔져가고 인심의 상정(常情) 또한 사뭇 살똥스럽게만 판을 바꿔가는 물정 탓일 것이다. 이런 세강속말(世降俗末)의 난장 속에서는, 제아무리 분수껏 살고자 멀쩡한 정신 앞세워 버르적거려도 보람은커녕 애먼 진구덥만 독장치기 십상이요, 순리(順理)만 좇아 올곧고 정연히 살 양 힘살 없이 물썽거렸다간 그 당장 저만 '풍년거지 쪽박신세'로 폭삭 망하게 돼 있다.

이쯤 흉흉하고 모지락스러운 물신시대(物信時代)를 별탈 없이 배겨내고 쾌연히 살랴치면, 멀쩡한 정신도 다시 가다듬고, 있는 슬기도 더 짜내어, 모름지기 제 본분의 사람값만큼은 지키려고 두 눈을 지릅떠야 함은 자명한 일이다. 그래서

사람들은 오달진 횡재수 한몫 챙기려고 사면팔방 분주살스럽
게 싸돌고, 처세의 탄탄한 텃밭을 다지고자 잇속이라면 선악
을 가림 없이 덥절덥절 어울리고, 강한 자에게 나긋나긋 감
겨들고 약한 자는 작신작신 밟고— 하는 것 아니냐. 어디 세
속의 시러베 작태뿐만이랴. 뇌 속에다 식(識)자 주름살 조름
조름 골막하게 채운, 이른바 지성인들의 비상한 술수는 시쳇
말로 시러베 악폐짓을 '뜸떠먹고'도 남을 지경인 것을. 실속
차리겠다 싶으면 숙수그레 익혀왔던 정분과 몰강스레 등돌림
하고, 그 마당이 놀기에 편켔다 싶으면 눈치끝발 할금거리며
줄 서노라 뭉그대고, 역사적 신망(信望)보다는 이름 석 자의
알량한 명망(名望)을 구걸(?)하노라 핏발 선 눈을 뒹굴리는
문화걸인(文化乞人)들의 비속한 행태라니—. 어쨌거나 현세
는 저마다 '멀쩡한 정신도 가다듬고 다시 가다듬는', 그리고
타고난 분복도 모자라 '슬기를 짜고 또 울궈짜는' 천사만량
(千思萬量)의 머리 좋은 사람들이 만들고 있을 것이다.

　그런데 참으로 기이한 일이다. 팥으로 메주를 쒀내라 해도
'……그거 뭐 못 할 것도 없죠' 하고 덤빌 만한 삼면육비(三
面六臂)격 재주꾼들이 욱시끌득시끌 끓어대고, 정신을 정명
히 해도 깜빡하는 사이에 산지박운세의 낭패를 당하는 이 심
악한 세상 속을, '멀쩡한 정신'쯤은 나 모를란다 하며 아예
해방(?)시켜버리고도 별탈 없이 느근느근 살아가는 사람이
있다. 그 턱없이 속편한 사람이 바로 이 시집의 저자 문복주
시인이다. 나는 이 글을 씀에 있어 그의 시정신과 시적 성과
에 대한 열졸한 평설은 가능한 한 줄이기로 작심했었거니와,

한 시인의 시적 자질(詩的資質)을 이해하는 요령으로는 그 시적 자질에 우선해야 할 '인간적 자질'을 먼저 익힘이 순서일 것이라는 생각을 다진다. 그래서 그와 나의 인간적 연과에서 겪었던 별쫑난 일화를 긁적이는 것이며, 더불어 문복주 시인의 '삶'과 '예술' 간의 운명적 연동성도 어림잡아 파악되면 더할 나위 없이 좋은 일일 것이다.

심각한 밀탐 없이 눈가늠하면 문복주 시인처럼 늠연한 사람도 드물다. 유독 두개골 두께를 줄여버려 두 손바닥 안에 다붓이 담기는 계란형 두상(두개골이 얇아야 뇌 용적이 넓을 것이고, 그래서 전형적인 천재형 두상), 그 두개골을 싸바르며 자란자란 잔물살 지는 반곱슬머리, 좀 작지만 아그리파 조각상의 그것처럼 잘 솟은(?) 코, 그 콧날 위에 얹힌 백동태 안경 속에서 빛나는 오꼼한 눈, 예지(銳智)의 싸늘함마저 물고 꼬옥 다문 갈색 입술, 귓바퀴 앞께를 건성드뭇 흐르는 잿빛 구레나룻(면도 안 했을 때)—이런 용모의 문복주 시인이 타르티니의 〈악마의 트릴〉을 들으며 한 팔로 턱 괴고 앉아 사념에 잠겼단 봐라. 과시 빈틈없이 똑 부러지게 명석한 만고 석학의 기상일따!

그러나 불행한 일이다. 생김새로만 삭히면 처신의 마디마디가 올차고 여무져서 한치의 부주의나 그르침이 없을 듯하지만, 속사정을 발그집고 보면 문복주 시인처럼 겉여문 사람도 없을 것이니, 내친 김에 '겉여문 사람'이라기보다 아예 '정신나간 사람'이라고 잘라 말해버리는 것이 속 편켔다. 상정사회의 통념으로도 여간해선 납득키 어려운 그의 비범함을

실증하기 위해 몇 토막의 일화를 보기로 든다.

등교길의 왁짜한 시내버스 안. '제주 중앙여고' 불어 교사 문복주 시인이 차에 오르자 붙임성 좋게 유독 상글방글 아침 인사를 마무리한 여학생이 좌석을 양보하며 일어선다.

"오 고마워! ……좋은 아침!"

"……별말씀을요, 선생님."

여기까지는 '옷감 위에서 노는 마름자' 뿐으로 두수없이 순리가 맞았는데, 문복주 시인 딴으로는 친절에 대한 답례에다 좀더 존득거리는 품격을 가미한답시고 양념 한술 더 간맞춤한 것이 사단이었다.

"착한 학생은 몇 학년 몇 반?"

"……네에?"

"……왜?"

문복주 시인은 뭔가 찜찜하고 정신이 헷갈려서 눈 딱 감고 어물쩡 버텨냈지만, 소문은 그 아침에 당장 짝자그르 깔리고 말았다.

"문복주 선생님 완전히 정신나가셨더라. 담임선생님이 자기 반 학생도 몰라보시다니!"

점심시간이 막 끝장을 봐가는, 비교적 한가한 은행창구이다. 낯익은 얼굴이 아는 체를 한다.

"어? 문선생도 오셨네."

"……네에, 약값 좀 찾으려구요."

돈 찾을 때까지 직수굿이 기다리면 될 걸 문치적거리기도

머쓱했던지 문복주 시인은 또 못 참겠다. 어지간히 생급스러운 말문을 연다.

"여전하시죠?"

"……뭐 다 마찬가지 아니겠습니까."

"지금은 어느 학교에 계세요?"

"……네에? ……무슨 말씀인지!"

"아, 그거 뭐 다른 뜻 아닙니다. 지금은 어느 학교에서 근무하시며 요즘 재미는 어떠신가 하는 안부입니다."

그 사람은 대답 대신 입술만 약죽거리며 뜻모를 한숨을 뱉고 나서 곧 은행을 나갔다. 문복주 시인이 학교로 돌아와, 맹근해서 콧구멍만 오비작거리고 있을 즈음, 학교 교무실 안도 어련한 소문줄이 한뜸 익고 난 뒤였다.

"문복주 선생, 그 양반 보통 정신나간 사람 아니라구! 낯익힌 세월에다 커피잔 함께 비운 시간이 또 얼만데 같은 학교 동료교사도 몰라본다? 좌우당간에 걸물이야 걸물!"

단순히 기억력이 부실한 탓이라 생각하기도 깔밋잖고 중증의 건망증이라 섣불리 뜻매김하기도 떨떠름한 변고사임에 틀림없을 게다. 왜냐하면 실팍치 못한 기억력 탓이거나 건망의 중증 탓이거나 간에, 사물사물 집히는 게 없다든지 오련무극해서 도무지 가닥을 종잡을 수 없는 일에 당면하면, 애시당초 모른 채 따악 잡아떼곤 입다무는 게 외통수 양방이기 때문이다. 그런데 문복주 시인의 경우는 아무렇지도 않을 일을 제가 먼저 앞장단 쳐서 까탈스러운 사단을 만들지 않는가 말이다. 그런데도 문복주 시인은 얼토당토 않게 딴청을 피운다.

"그 따위 억지가 어디 있나? 건망증이나 기억상실증 둘 중 하나이지 뭐가 아니야?" 하고 물으면 손바닥으로 쓱 쓰윽 입 가장자리를 두어 번 쓸고, 또 그 손바닥으로 다시 얼굴 마른 세수질 서너 번 해대고 나선, 되레 뻔뻔하게 따지고 든다.

"그럴 수도 있죠 뭐. 꼭 기억상실증에다 건망증이겠습니까? 그보다 훨씬 더 중요한 큰일에 온 정신을 몰입하다보니 자잘한 인간사엔 관심이 없는 것뿐입니다."

"……그게 뭔데?"

"시가 있지 않습니까? 오로지 몰입해야 할 일은 그것뿐인 걸요! ……자고, 밥 먹고, 애들 가르치는 시간 빼고는 생각나는 게 시뿐인 걸 어떡합니까!"

문복주 시인의 이 덤턱스러운 항변에 내 기는 폭삭 꺾이고 만다. '맨재준치 옆의 꼴뚜기 격'으로 어리뜩하게 기죽을 수밖에 없는 적실한 까닭이 있다.

"……일상적인 무질서, 단편적 관계의 불균형, 예지적 몽상에 연연할 필요는 없다. 시상의 단련은 시적 사상의 현시적 충동을 감각적으로 파악하는 능력이라기보다 그 사상을 시적 감정으로 개조하는 기교인 만큼, 시적 의미의 새로운 전체를 형성하는 것과 무관한 분산된 경험을 끊임없이 통합하는 노력은 어리석다. 사실 시인의 정신적 활동은 이런 선별력의 냉철성에서 시작되는 것이다"라는 신드니의 골때리는 시론이 생각났기 때문이었다. 이게 아닌데 하며 도리질을 해보지만 야릇하게도 문복주 시인의 울골질 본새의 우격다짐과 신드니의 일갈이 어슷비슷 맞먹혀드는 걸 어찌하랴.

어쨌거나 나는 문복주 시인의 본색이다 싶은, 그래서 두고 두고 수란한 심사를 가눌 길 없는 알짜 굿마당(?)을 또 경험하게 된다. 제주도 땅 날씨치고는 엔간찮게 치운 정월 그믐밤이었다. 소설가 오을식군과 중앙로의 거리를 걷고 있는데 문복주 시인이 뒤뚝거리던 발걸음을 딱 멈추고는 뜨거운 차나 한잔 드십사 했다. 더운 차 마셨겠다, 가스난로 기세 한번 다부지겠다, 맘놓고 눌러앉아 허튼 시론 앙잘거리며 시간 반은 족히 죽였으리. 그런데 그 긴 시간 동안 두 다리 주욱 펴고, 한만스럽게 하품까지 곁들이던 문복주 시인이, 느닷없이 오을식군의 귓바퀴에다 뭐라 속살대고 나선 경둥경둥 다방을 나가는 것이었다. 웬일이냐고 묻는 말에 응답하는 오을식군의 표정은 거진 우두망찰 혼줄이 빠진 뿐이었다.

"그나저나 문복주 선생 저 냥반, 물건은 물건입니다요. 잠깐 전화하고 오겠다며 아들놈을 승용차 안에다 가둬놓고 왔는디 인자사 생각이 나부렀다네요. 그것도 주차장도 아닌 길바닥에다 자동차 문까지 꼭 꼬옥 잠과나불고요!"

문복주 시인이 돌아왔다. 의기양양 읊조린다.

"아는 집에 택시 태워 보내놓고 왔습니다."

이때다 하고는 아닥치듯 다그쳤다.

"기껏 초등학생, 그것도 무녀독남 금줄 같은 아들놈을 길바닥에 가둬놓고 두 시간 다 되도록 잊고 있었다? 그러고도 건망증 환자·기억상실증·정신나간 사람 하는 별호는 다 싫어?"

이제야말로 얼렁쇠변명 한 소절 못 뽑고 꼼짝없이 사발묶음해서 물타작 당했으렷다—여기며 느긋해봤지만 허사였다. 문복주 시인은 하냥 했던 말로 맞장쳤던 것이다.

"그럴 수도 있죠 뭘. 시론이 있지 않았습니까, 시론이! 제가 왜 정신나간 사람이겠습니까? 자잘한 인간사가 정신나갔지!"

아 그럴 듯도 싶다. 문복주 시인의 말대로 '자잘한 인간사가 정신나간 사회'라면 그 세상은 인위적(人爲的) 제한(制限)의 살벌한 부자유가 판을 치는 '공간'이요, 진실과는 결코 분리될 수 없는 존재와 존재간의 영성(靈性)을 구현하고 세계와 세계간의 통유적(通有的) 사랑을 갈원하는 문복주 시인에게는 질고의 '평면'뿐일 것이다.

어차피 세상은 이욕(利慾)을 놓고 뚤뚤 뭉치고 오구구 모이는 오집지교(烏集之交)의 난장이요, 지성인들 노는 판도 술수묘책 능갈쳐야 겨우 제 체통이라도 세우는 막장이다. 예술판이라고 다를쏘냐. 문복주 시인은, 시정신과 시적 비유가 서로 이질적이어서 시인의 사상만 연결될 뿐 시적 진의는 전혀 결합되지 않는, 그 따위 속은 빈 채 겉멋만 짜든 시는 아예 쓸 생각이 없고, 우발적 신비주의와 모험적 실천주의는 물론 위선적 관조와도 울근불근 대립하는 시인이다. 오로지 시적 영감에 최선으로 공헌하는 시의 실재적 효과만을 시의 참생명이라 고집하는 사람이니 아무렇게나 시편을 양산하여 삿된 명망을 횡재하기도 다 틀렸다.

문복주 시인은 이래저래 겉여물고 '정신나간 사람'이 돼가는갑다. 그만 정신 갖다듬고 올연독좌(兀然獨坐), 숭미하고 올찬 시혼(詩魂)을 우주에까지 투사(投射)하시라.

우주로의 초대
초판인쇄 · 1997년 5월 15일
초판발행 · 1997년 5월 20일
지은이 · 문복주 / 펴낸이 · 강병선
펴낸곳 · 도서출판 문학동네
주소 · 110-521 서울시 종로구 명륜동 1가 31-9
출판등록 · 1993년 10월 22일 제22-188호
전화번호 765-6510~2, 743-2036 / 팩스 743-2037

값 4,000원

ISBN   89-8281-055-2 02810